PANÉGYRIQUE

DU CONNÉTABLE

DE

RICHEMONT

PAR

S. G. Mgr TOUCHET

ÉVÊQUE D'ORLÉANS

D'APRÈS DES NOTES PRISES A LA CATHÉDRALE

21 Octobre 1905

ODE A RICHEMONT

Poésie de M. DE LANTIVY

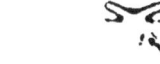

CANTATE A RICHEMONT

Paroles de M. l'Abbé A. LEFRANC

1905

PRIX : 0 fr. 25

PANÉGYRIQUE DE RICHEMONT [1]

PAR

MONSEIGNEUR TOUCHET

A chaque aube, Messieurs, qui clôt une belle nuit et ouvre une belle journée, se passe un phénomène céleste capable par sa splendeur de nous jeter à genoux, comme en extase et en admiration devant l'œuvre du Créateur. Supposons surtout que la fréquence de son retour inclinât sur elle l'attention. Pendant la nuit, les étoiles s'avancent d'une marche régulière dans le sentier que Dieu leur a tracé et qui est le sentier de Dieu, pareilles à une armée dont chaque soldat est connu et qu'on pourrait nommer. Mais, vers le levant une blancheur apparaît et les étoiles surprises dans leur chemin pâlissent. La blancheur se colore d'une teinte rougeâtre ; les étoiles de nouveau pâlissent davantage et l'astre souverain, le soleil, d'un geste sublime couvert de pourpre et d'or,

---

(1) Rédigé d'après des notes prises pendant le discours prononcé à la cathédrale.

s'élance. Les étoiles disparaissent : on ne les voit plus.

Au ciel de notre histoire, il apparaît de temps en temps des phénomènes semblables. Que deviennent par exemple les lieutenants de Napoléon, de Condé, de Gaston de Foix à côté de ces capitaines fameux ; à peine si leur renommé perce : ils disparaissent auprès d'eux. Ce phénomène a été surtout remarquable aux XIVᵉ et XVᵉ siècles. Sans doute La Hire, Xaintrailles, Dunois, Richemont font bonne figure dans leur histoire. Mais en face d'une petite fille de dix-neuf ans, d'une paysanne, leurs noms ont pâli, tout en eux et autour d'eux se subordonne à la gloire de Jeanne d'Arc. C'est à elle que la mémoire populaire a rendu hommage et cet hommage est tellement élevé et tellement éclatant qu'il défie toute espèce d'autre hommage, ayant épuisé pour lui le marbre, la musique et la poésie. Jeanne domine tout son temps.

Jeanne d'Arc est mon amie, continue l'orateur ; dans mes heures de solitude elle est souvent ma compagne ; dans mes heures de déboire elle a été ma consolation. Mais si fort que je l'aime, je reconnais aisément que son astre virginal a éclipsé un peu trop les étoiles de son cortège et si, parmi ceux qui furent ses alliés et ses compagnons d'armes, il en est qui méritent que l'on garde leurs noms au premier rang, je reconnais que parmi ceux-là se trouve d'abord Richemont.

Richemont, c'est sous son égide et par son souvenir que je me trouve ici.

Comment aurais-je pu repousser l'invitation de votre premier magistrat, le sénateur maire de Vannes ? Il est de ceux qui par la vivacité de leurs croyances, la fermeté et la noblesse du caractère, les services rendus autour d'eux, rendent difficile pour ne pas dire impossible qu'on repousse leur requête.

En outre, par mon origine, j'appartiens à cette riche Normandie que Richemont délivra en vainquant à Formigny.

En venant, je payais donc tribut à la justice. Enfin il me plaisait de me trouver au milieu d'un peuple renommé par sa foi, et en communion si intime avec un clergé célèbre par sa vaillance. Au milieu de ces satisfactions, une seule tristesse m'a envahi en pénétrant dans votre vieille cathédrale, le deuil de votre épiscopat, la mort vieille de deux ans jour pour jour de votre vénéré et excellent prélat et cette pensée a rempli mon âme d'une grande mélancolie. Je demande à Dieu qu'il vous donne un évêque digne de votre église, digne de votre diocèse, de vos prêtres et de vous-mêmes ; je le désire surtout dans les circonstances que nous traversons, circonstances pleines d'événements cruels et menaçants, mais incapables pourtant de nous faire abdiquer jamais nos sentiments de fidélité à Jésus et à la Patrie.

Et maintenant je commence l'éloge d'Arthur III, duc de Bretagne et connétable de France.

Il est né vers la fin du XIV⁰ siècle et dans sa carrière si brillante, si remplie, passée pendant plus de 30 ans en chevauchées, prises de villes et fureurs de batailles, il sut toujours rester au milieu de ce glorieux tumulte *un parfait honnête homme*. Eloge bien petit, pour commencer, penseront quelques-uns. Ces quelques-uns sont-ils bien certains de leur pensée ?
— Un parfait honnête homme, c'est celui qui craint Dieu et accomplit ses devoirs envers lui, qui écoute la voix de sa conscience, qui respecte la faiblesse, n'accable pas l'opprimé, respecte l'innocence, ne convoite

pas le bien d'autrui ; c'est un homme qui a conscience de ses droits et les fait respecter, car il sait que le Droit, c'est la joie et la force de ce monde ; qui sait parler et agir quand il faut se montrer ; qui sait se taire et rester dans l'ombre quand il faut s'abstenir ; qui enfin dans toutes les circonstances et dans tous les dangers ne redoute pas la mort.

Cet homme! pensez-vous qu'il se trouve derrière tous les buissons? Je crois pour ma part que les histrions, les bavards, les médiocres sont beaucoup plus communs.

Reportez-vous maintenant au XV⁰ siècle, qui fut tout rempli de démence et de violence. Les grands féodaux n'avaient qu'un seul souci : agrandir leurs domaines, et l'un d'entre eux, le duc de Bourgogne, déclarait sans rougir : « J'aime tellement la France qu'avec elle je voudrais en faire quatre. » On voyait sur les routes des files de paysans qui emportaient leurs blés, des femmes en larmes, des enfants apeurés, tous fuyant bien loin le fléau de l'horrible guerre. Tous fuyaient devant les excès des bandits, que ces bandits fussent des criminels de droit commun ou des seigneurs malfaisants comme La Hire allant jusqu'à croire que le pillage faisait envie à la Divinité et assurant « que, si Dieu descendait sur la terre, il se ferait pillard ».

Dans ce milieu néfaste, Richemont resta honnête. Les preuves de cette honnêteté? Elles résident d'abord dans ses amitiés. Sa première épouse, Mᵐᵉ de Guyenne, fut mariée d'abord au Dauphin de France et elle ne crut pas déchoir en épousant ensuite Richemont. Puis il connut aussi une autre vaillante femme, grand'mère de deux héros de 15 ans et veuve de Duguesclin. Il fut lié avec Marguerite de France, qui

était Bretonne. Ce fut aussi Yolande de Sicile, si grande
de désintéressement, qui partagea sa confiance et
enfin au-dessus de toutes, celle si belle, si vertueuse,
si pure que les anges du ciel la baisaient au front,
si douce que sa vue seule réconfortait le pauvre
monde, si forte que les armées fuyaient à son approche, celle qui eut comme deux cœurs, l'un de
vierge et l'autre de lion, *Jeanne d'Arc*.

La première rencontre de Jeanne et de Richemont
fut empreinte d'une grandeur merveilleuse, d'une
splendeur d'épopée antique. La Pucelle apprit que le
connétable arrivait et voulait la voir. Car ce dernier
était de ceux qui vont où le danger est le plus grand,
qui marchent toujours à la voix du canon. Mais le roi
s'opposait formellement à l'entrevue et avait chargé
le duc d'Alençon de l'empêcher. Jeanne va alors
trouver le connétable. Tous deux, chacun de leur
côté, mettent pied à terre et une fois debout, tout
près, l'un en face de l'autre, Richemont dit à Jeanne :
« Jeanne, on prétend que vous venez pour me combattre ; je n'en crois rien. Mais si vous venez de par
Dieu, je ne vous crains guère, car il connaît mes
intentions qui sont pures et voit au fond de mon
cœur. Et si vous venez de par le diable, je vous crains
encore moins. »

Jeanne, souriant alors, répondit à Richemont : « Ce
n'est pas moi qui vous ai appelé ; mais puisque vous
êtes venu, nous vous emploierons. »

Le guet de Beaugency fut alors confié aux Bretons
du connétable et jamais depuis longtemps guet aussi
fameux ne fut fait sur la terre de France.

Les deux cœurs, celui du grand Breton et celui de la
jeune Lorraine, s'étaient compris pour servir la même
cause. Aussi, quand le roi, par suite d'un aveuglement

incroyable, eut écarté Richemont de la chevauchée triomphale qui le conduisit à Reims, quand il eut prononcé cette parole ingrate et impie : « Plutôt pas de sacre qu'un sacre avec Richemont », ce fut Jeanne plus que d'autres qui en souffrit.

Richemont était estimé de tous ceux qui étaient honnêtes comme lui : Henri V d'Angleterre voulut se l'attacher, Pie II l'aimait. Seuls les coquins le détestaient, ainsi que les traîtres et les favoris comme La Trémouille, cet abominable usurier qui suçait encore le sang de la France, quand la France n'avait plus rien dans les veines. Il n'y a que la vraie honnêteté qui force ainsi l'admiration de tous ceux qui sont honnêtes. Dans toutes les circonstances, dans toutes ses relations, Richemont fut honnête.

Le grand problème de cette époque fut, comme vous le savez, celui-ci : l'Angleterre et la Bourgogne rompront-elles ou demeureront-elles alliées. Dans le premier cas, c'était le renversement de la puissance anglaise ; dans le second cas, c'était la continuation de la guerre.

Pour empêcher ce dernier fléau et délivrer la France, Jeanne écrivit au duc de Bourgogne : « Moi, Jeanne la Pucelle, lui dit-elle, je te conjure et je te supplie, ô duc, de faire la paix avec la France. »

Cette prière resta vaine ; mais Richemont réussit où Jeanne échoua.

Il ne se montre pas moins admirable jusqu'au milieu des horreurs de la guerre civile. Il combattit, il blessa, il écrasa les siens pour rester loyal et honnête. Un jour il joua le sort du duché de Bretagne par simple loyauté. Sans doute, c'est une terre héroïque que la vôtre, celle où l'on boit son sang pour se désaltérer, si couverte de belles villes, Vannes, Rennes, Saint-

Malo, Dol, où il y a des landes fleuries, qui est peuplée
d'une noblesse pauvre mais intrépide, où les côtes
voient naître des marins si vaillants; la couronne de
Bretagne est moins fleuronnée que celle de France,
mais elle est fermée comme elle, presque aussi haute
et moins couverte d'épines. Seulement une couronne
est toujours une tentation. Un jour donc François de
Bretagne saisit son frère Gilles et s'écria : « Qui m'en
délivrera? » Ce vœu fut entendu et un scélérat le réa-
lisa. Gilles fut empoisonné et François, qui était alors
au Mont Saint-Michel, hypocritement y fit dire une
messe et un service pour le repos de l'âme de son
frère. Mais quand il descendit, du haut de la forte-
resse, sur la falaise toute blanche, il aperçut une
forme au loin à cheval, immobile et la lance haute.
C'était un Franciscain. Il s'approcha et dit à François :
« Duc de Bretagne, j'ai reçu la dernière confession de
ton frère Gilles. Et je t'assigne de sa part dans qua-
rante jours au tribunal de Dieu. »

Ce n'était pas le premier discours que François
entendait sur ce sujet. Richemont autrefois s'était
traîné à ses genoux pour l'empêcher d'exécuter son
forfait; quand il l'apprit, la colère et l'indignation
s'échappèrent de partout en lui et plus tard quand il
fut monté à son tour sur le trône de Bretagne, il dé-
plorait encore ce crime, ne pouvant se faire à cette
idée qu'un pareil déshonneur eût souillé sa couronne.

Quand un homme juge et sent de telle façon, on
peut dire qu'il est honnête.

Dès qu'il fut devenu duc de Bretagne sous le nom
d'Arthur III, il fut appelé à Vendôme par le duc d'A-
lençon pour rendre hommage à Charles VII. Ce fut un
jour de grande fête quand le roi entouré de toute sa
cour pénétra dans la salle magnifiquement ornée. Du-

nois, qui faisait fonctions de hérault d'armes, dit à Richemont : « Monseigneur le duc de Bretagne, vous
êtes appelé à l'honneur de rendre hommage au roi
de France. Enlevez votre ceinture, ôtez votre épée et
mettez-vous à genoux. » — Mais le duc demeurait
debout, il n'enlevait pas sa ceinture, il n'ôtait pas son
épée et ne se mettait pas à genoux et regardant le roi,
il déclara : « Je veux bien rendre hommage, mais non
l'hommage-lige, seulement l'hommage simple que les
miens ont toujours prêté. Et comme le sénéchal in-
tervenait, Charles VII l'arrêta et dit : « Laissez donc ;
celui-ci sait bien ce qu'il faut faire ; on doit s'en rapporter à lui en tout. »

Et alors Arthur III, duc de Bretagne et comte de Richemont, debout, l'épée au côté et sans baisser la tête,
donna le baiser de paix au roi de France.

« Il savait celui-là ce qu'il y avait à faire et on pouvait s'en rapporter à lui en tout. »

Ah ! quand Charles VII prononça ces paroles, peut-
être vit-il le front auréolé du vaillant duc blanchi avant
l'âge, peut-être vit-il toute la théorie des reines et des
nobles dames, des lansquenets et des reitres qui
avaient eu confiance en lui et de toutes ces figures n'en
aperçut-il qu'une qui fut vraiment fidèle, celle de Richemont ; peut-être ne se vit-il pas lui-même et se re-
pentit-il de ne pas s'être toujours confié assez aux avis
de Richemont. Toujours est-il que lorsqu'il tint ce
langage si flatteur pour le vieux soldat, c'était l'honnêteté de Richemont qui faisait irruption dans l'histoire. La postérité pouvait déclarer désormais que ce
fut un grand et un parfait honnête homme.

Vous devinez qu'il fut aussi autre chose. Richemont a eu un caractère spécifique : fut-il un diplo-
mate ou un soldat ? La diplomatie, sans doute, il la

connut mais la bonne, la vraie, celle qu'il fit la main appuyée sur son épée et comme l'histoire l'a appelé le connétable, vous souffrirez que je vous dise qu'il fut aussi un grand soldat. Oh ! je sais qu'aujourd'hui plusieurs prisent peu ce titre. A quoi bon des soldats? Est-ce que le peuple ne peut pas garder lui-même ses frontières. Et puis, à quoi bon des frontières ; pourquoi des séparations entre la France, la Belgique, l'Allemagne et l'Italie ? Pourquoi réserver des places à ces limites ? n'en gardons seulement que pour la haine et l'égoïsme.

Or nous, nous nous faisons un autre idéal de la grandeur et de l'indépendance de la patrie ; nous la voyons debout et rayonnante sur un char immortel, bien à nous, portant notre fortune, couverte de gloire et de lauriers, lauriers des batailles ou de la paix, lauriers de la science, lauriers du génie, lauriers de la charité. Nous savons que les Bossuet, les Vincent de Paul, les Bonaparte et tant d'autres ont donné leurs sueurs et leur sang pour arriver à construire ce char triomphal et nous ne voulons pas que la patrie meure avec lui, nous ne discernons pas les quatre planches qui formeraient son cercueil, son tombeau et la pierre sur laquelle on écrirait : ci-gît la France. Et quant à toi drapeau, blanc et rouge comme les roses qui renaissent à chaque retour du printemps, bleu comme le ciel qui ne porte que des rayons de lumière, qui signifie liberté et progrès, non, je ne souhaite pas que tu deviennes rouge ni que tu pendes troué de balles. Cependant si c'est la destinée, ne recule pas ; que devant toi tout rompe et tout plie ; mais si tout rompt et tout plie, il faut quelqu'un pour porter le drapeau. Ce quelqu'un, c'est le soldat: La guerre est exécrable ; mais le soldat est sublime !

Richemont fut un soldat ; il fut plus, ce fut un grand manœuvrier et un grand cavalier. Il l'a bien prouvé dans le raid de Formigny. Il aida Charles VII à créer des grandes et des petites compagnies. Maintenant est-il le plus grand des soldats bretons ? Il y en a trois ; Duguesclin, Clisson et Richemont. Retirons Clisson. Duguesclin fut très brillant ; par ses hauts faits qui flattent l'imagination, il entra vite dans la légende et la mémoire populaire.

Puis en lui tout est contraste : il sort d'une extraction modeste et il parvient à une haute situation ; il est laid physiquement et moralement il est beau ; d'un côté on loue ses chevauchées entreprenantes, d'un autre on déplore ses emprisonnements. Ses mots sont célèbres. Quand il offrit 100.000 écus d'or pour sa rançon et prétendit que toutes les femmes de Bretagne fileraient pour les gagner, son langage est plutôt celui d'un cadet de Gascogne que celui d'un cadet de Bretagne. Cela a du panache. Du Guesclin en a beaucoup. Richemont est moins éclatant. Mais son œuvre n'a-t-elle pas été plus pratique, plus efficace. Oui, j'estime que l'œuvre de Richemont a été le plus considérable. Il fut le plus grand soldat breton et un des plus grands soldats français. Dieu lui donna, il est vrai, de belles fortunes ; il le fit connétable et Richemont disait avec orgueil de son épée : « Je tiens à l'honorer dans ma vieillesse de même qu'elle honora ma jeunesse. » Dieu enfin le conduisit à Patay et ici laissez-moi vous rappeler un souvenir personnel.

Près de ma ville épiscopale, se trouve une pleine immense qui en hiver semble morte et aride. Mais vienne la première brise printanière, la verte chevelure du blé commence à se montrer et dès que juin

arrive, ce ne sont plus que ondoiements de blé, ef-
fluves de chaleur et senteurs de bons grains. La
Beauce a repris sa parure; la France mangera parce
que la Beauce la nourrira. Que de fois en parcourant
cette plaine, je me suis dit que sa fécondité venait du
sang dont sa terre est arrosée, sang de tous les en-
vahisseurs qui depuis Attilla ont vidé leurs veines
sur ses sillons. Mais dans cette immensité se trouve
un coin prédestiné : c'est Patay. A Patay, la victoire
fut fidèle à nos armes en 1870 avec le général
d'Aurelles de Paladine.

Charette y lutta avec ses zouaves; beaucoup étaient
Bretons; qu'ils me permettent de les saluer ici; ils
ont été vaincus, mais leur défaite a été aussi glorieuse
que celle du général victorieux. C'est à Patay aussi
que Jeanne et Richemont nous ont vengé de Crécy
et d'Azincourt.

Marchons, marchons, criait la Pucelle en parlant des
ennemis; nous aurons la victoire. Richemont fut avec
elle et puisqu'ils furent ensemble à la peine, pour
quoi ne pas les associer aujourd'hui à l'honneur?

Peu de temps après, Jeanne fut prise et conduite
de prison en prison jusqu'au supplice qu'elle endura
sur le bûcher d'Orléans.

Si une innocente souffrit, dans sa captivité, c'est
bien celle-là; mais elle fit souffrir non moins ses
bourreaux, chaque fois que l'inspirée succédait à la
femme.

Dans une des séances, en mars, qui prolongèrent
son procès, elle s'écriait prophétiquement aux Anglais : « Oui, mon roi reprendra tout le royaume de
France, tout; oui, oui, votre alliance avec la Bourgogne ne durera pas toujours; oui, oui, vos soldats
évacueront la France, tous, tous, excepté ceux qui y

laisseront leurs os. » Cette scène est authentique. Les juges épouvantés levèrent la séance sans prendre le temps de signer le procès-verbal.

Ces oracles de Jeanne, qui les a accomplis ?

C'est Richemont. Il a signé le traité d'Arras qui détachait la Bourgogne de l'alliance anglaise. Aussitôt après, il fait sa magnifique campagne de l'Ile-de-France et vient rejoindre Charles VII à Poitiers pour le décider à marcher sur Paris. Le cortège part ; mais plusieurs le quittent en chemin ; peu importe, Richemont ira seul. C'est pendant la Semaine Sainte. Le Jeudi Saint, il prie, le Vendredi Saint, il prie, le Dimanche de Pâques il prie ; le lundi il reçoit un billet de plusieurs Français qui lui écrivent pour lui livrer la capitale ; on laissera ouverte la porte Saint-Jacques. C'est peut-être une embûche. Richemont ne réfléchit pas : il va, et s'arrête devant la porte Saint-Jacques. Une voix lui dit de l'intérieur :

— Qui est là ?

— C'est messire le Connétable.

— Promettez-nous l'amnistie et le respect de nos propriétés.

— Je vous le promets.

Vos reîtres et vos lansquenets sont-ils là ?

— Non, je les ai laissés à Saint-Denis.

Richemont entra alors à Paris.

C'est la Bretagne qui entrait avec lui dans la capitale de la France.

Vive Richemont !

Vive la Bretagne !

Puis il s'empara de nombre de villes et après cinq années de paix boiteuse avec l'Angleterre, l'apothéose finale approche. Richemont s'avance en Normandie, prend Saint-Lô, Cherbourg, Coutances, revient en

Bretagne : au printemps, il reprend le chemin de la Normandie.

A Carentan, des paysans lui disent : « Le Comte de Clermont est aux prises à Formigny avec le capitaine anglais Thomas Kymriel qui est d'ailleurs trois fois plus fort que lui ; ne le soutiendrez-vous pas ? Richemont n'avait que très peu d'hommes. Aussi assite-t-on alors à cette curieuse scène pleine d'atermoiments entre Kermoysan et lui.

— Tu ne veux donc pas venir avec moi jusque-là, disait Richemont à son fidèle compagnon ? Ce sera la première fois. »

— Vous ne vous battrez pas, disait Kermoysan ; vous ne pouvez pas vous battre.

— Eh bien ! répondit le connétable, je ne rentrerai pas en Bretagne avant d'avoir vu les Anglais de près.

Là dessus il arrive à Formigny au moment où commençait la déroute des Français ; il forme son armée en coin et se précipite sur les Anglais qu'il rejette partie dans l'Orne, partie sur Formigny. En vain leurs archers tentèrent-ils un dernier effort ; ils étaient dignes d'ailleurs de bien mourir ; ils moururent tous.

Maintenant le roi de France n'a plus d'Anglais dans son royaume, sauf en Guyenne, et pour les combattre il a les mains libres, n'ayant plus de soucis ni en Normandie, ni en Champagne, ni en Bourgogne. Lui-même partira en guerre et avec le maréchal de Lohéac, un autre Breton, compagnon d'armes de Richemont, il les battra définitivement à la bataille de Castillon où le général anglais Talbot mourut héroïquement, comme un brave qu'il était, âgé de 80 ans.

Le 31 mai 1431, sur un bûcher, à Rouen, montait une petite fille et tandis que les premières flammes la brûlaient et que la fumée l'entourait et l'enveloppait, on l'entendait crier : « Mes voix étaient de Dieu ; je n'ai pas été trompée. »

Oui, Jeanne, dans ta gloire immortelle, tes voix étaient de Dieu ; mais souffre qu'à cette gloire nous associons tous ceux qui s'y sont associés et Richemont fut de ceux-là.

Richemont enfin fut un grand chrétien. Le matin de la bataille de Formigny, il entendit la messe. Il se confessait et communiait souvent. Quand il ne se battait pas, il disait son bréviaire, comme le meilleur des chanoines ; il jeûnait le vendredi, le samedi et peut-être le mercredi. Quand il mourut à Nantes, le veilleur cria dans les rues : « Priez pour Mgr le Duc de Bretagne qui vient de mourir. » Richemont attendit la mort debout, comme quelqu'un qui ne la craint pas et qui l'a vue souvent en face. Il ne se dispute pas non plus avec elle, comme quelqu'un qui connaît trop bien les vilenies de ce monde et sait qu'il n'existe de joies véritables que celles du paradis.

Je finis maintenant par une prière. Et cette prière je la justifie d'abord par une courte considération. Le XIX⁰ siècle est fini ; les uns l'ont acclamé, d'autres l'ont maudit. Je ne suis pas de ceux-ci. Il a eu ses vices ; il a eu aussi ses qualités.

Les premiers siècles ont vu Néron : le 5ᵉ a vu les Barbares ; au 10ᵉ l'Église s'épouvantait d'elle-même ; le 15ᵉ a agonisé dans la guerre de Cent Ans ; le 16ᵉ a vu les horreurs des luttes religieuses ; le 17ᵉ a resplendi au point de vue des lettres et des arts, mais la misère des campagnes a été grande ; pour le 18ᵉ, il suffit de nommer Marat, sans autre explication. Le 19ᵉ est fini.

Toute crise, tout malaise dans la vie d'un peuple

naît de la mésintelligence entre les honnêtes gens. Si cette mésintelligence n'avait pas existé au 15e siècle, ce que nous venons de voir ne se serait pas passé. Ecoutez maintenant ma prière : Richemont l'eut faite, Jeanne l'eut faite aussi.

Seigneur Jésus-Christ, le 20e siècle se lève ; le 19e est descendu au tombeau ; donnez au 20e siècle, nous qui sortons de l'autre encore tout rempli d'ombre, donnez-lui tout ce qu'il n'eut pas encore ; nous eûmes quelque science, qu'il en ait encore plus ; nous voulûmes quelque bien, puisse-t-il en vouloir et en faire davantage ; nous cherchâmes la liberté, faites qu'il la connaisse et la reçoive tout entière.

Le bonheur du XXe siècle sera notre bonheur. Il existe trois trésors : la foi gardée fidèlement, l'amour du devoir et l'entente entre les honnêtes gens. Je crois qu'il n'y a pas lieu de craindre pour cette entente dans une ville comme Vannes et dans un pays comme la Bretagne. Vous accueillerez donc favorablement mon vœu.

Je salue les magistrats de votre ville, les représentants élus de votre province, le clergé de votre diocèse, et je supplie Dieu qu'il conserve à votre belle Bretagne l'ardeur de ses croyances et l'intégrité de son honneur. Ainsi soit-il.

ODE A RICHEMONT

POÉSIE DE M. MÉRIADEC DE LANTIVY

DITE AU THÉATRE DE VANNES

Le Samedi 21 Octobre 1905

A L'OCCASION DE

L'INAUGURATION DE LA STATUE DE RICHEMONT

SUR LA PLACE DE L'HOTEL-DE-VILLE

Te voilà donc levé sur ton socle de pierre,
    Richemont, vaillant preux,
Avec ta lourde épée et ton cheval de guerre
    Sous tes reins vigoureux ;

Avec l'armure en fer et le geste héroïque
    Autant que gracieux
Dont tu devais, ici sur la place publique,
    Saluer nos aïeux,

Quand la France meurtrie et de souffle fragile
    Invoquant ton appui
Pour la sauver, jadis tu traversas la ville
    Qui t'acclame aujourd'hui.

Peut-être elle a tardé, l'oublieuse, à te rendre
    Cet honneur grave et beau
De sculpter ton image et d'honorer ta cendre
    Au bord de ton tombeau.

Mais cette ombre n'atteint ni son cœur ni ta gloire ;
    Car nous te promettons,
Grand homme, que depuis cinq siècles ta mémoire
    Vit parmi les Bretons ;

Qu'ils n'ont rien oublié de leur splendeur première,
    De leurs ducs annoblis,
De celui qui portait d'argent sur sa bannière
    L'hermine plein ses plis ;

Qui fut dans Azincourt, de la tête à la taille
    Percé de coups si forts,
Qu'on le trouva sanglant, le soir de la bataille,
    Couché parmi les morts ;

A peine relevé, continuant sa course
    Alerte et frémissant,
Toujours de belle humeur et qui donnait sa bourse
    Comme il versait son sang.

Qui se battait enfin, quand la cause était belle,
    Où quelqu'un se battait,
Qui bouta les Anglais, qui suivit la Pucelle
    Et qui fut à Patay.

Patay, nom merveilleux, spectacle mémorable
    Où pour la Liberté
La timide bergère et le grand connétable
    Debout à son côté.

Mêlant leurs étendards, frappèrent de leurs armes
    Des coups si triomphants
Que la France par eux a pu sécher ses larmes
    Et venger ses enfants.

Du héros il ne reste à présent trace aucune,
    Dans le golfe d'Armor,
Qu'un château délabré que vers le soir la lune
    Perce d'un rayon d'or ;

Et on prétend qu'alors des murailles de pierres,
    Casque et corset forgés,
Richemont à cheval reparaît à nos pères
    Autour de lui rangés.

Leur sourit, puis au loin suivant de sa demeure
    Nos débats insensés,
Nos luttes de partis et d'intérêts, il pleure
    Sur les fils divisés.

Bretons, ne laissons point pleurer le Connétable ;
    Sous ses yeux consolés
Rapprochons-nous les mains et dressons une table
    Où tous seront mêlés.

Chérissons le soldat de Bretagne et de France
    Par l'art ressuscité,
Puissions-nous, comme lui, voir fleurir l'espérance
    Et la Fraternité.

LE
CONNÉTABLE DE RICHEMONT

Fier de toi, ton pays t'acclame,
Vaillant Français, vaillant Breton,
·Connétable de Richemont ;
Qu'en nous revive ta grande âme,
Vaillant Français, vaillant Breton.

I

La France était dans ses espoirs trompée,
Notre patrie allait vers son déclin ;
Tu fis briller pour elle ton épée,
Comme Clisson et comme Duguesclin.

II

De Jeanne d'Arc, la sublime Lorraine,
Richemont fut le hardi compagnon.
Sois à l'honneur, toi qui fus à la peine.
Et que la Gloire éternise ton nom.

III

En des combats féconds en héroïsme,
On vit jadis et Bretons et Français
Lutter ensemble ; et leur patriotisme
Associa leurs destins pour jamais.

IV

Si nous devions revoir les jours d'alarmes,
Ainsi que toi, Chevalier triomphant,
Tous les Bretons prendraient encor les armes,
Ils crieraient France et Bretagne en avant.

V

Ton monument illustrant notre place,
Vers le danger nous dira de courir.
Pour son pays que l'étranger menace
L'honneur de l'homme est de savoir mourir.

Vannes. — Imprimerie LAFOLYE Frères.

www.ingramcontent.com/pod-product-compliance
Lightning Source LLC
Chambersburg PA
CBHW061731180626
46818CB00006B/2552